AF364178

SUEÑOS DEL MÁS ALLÁ

Laura Pérez Macho

SUEÑOS DEL MÁS ALLÁ

RELATOS CORTOS

EDITORIAL
LETRA MINÚSCULA

Primera edición: agosto de 2022
ISBN: 978-84-19470-59-1
Copyright © 2022 Laura Pérez Macho
Editado por Editorial Letra Minúscula
www.letraminuscula.com
contacto@letraminuscula.com

*Los sueños son ventanas a las realidades
de nuestras vidas pasadas.*

Laura PM

ÍNDICE

¿QUÉ PASÓ AQUÍ?

El agente de la inmobiliaria presentaba aquella propiedad como la maravilla que era: grande, rodeada de naturaleza, aunque bien comunicada por carretera, y de precio muy asequible. Nadie podría creer que hubiera estado tanto tiempo deshabitada. Por ello, ante la duda, el agente les explicó un poco la historia: se trataba de una casa de principios del siglo xx, la cual fue renovada tras un incendio que tuvo lugar en septiembre de 1910. El edificio principal disponía de 720 metros cuadrados, construidos en cuatro plantas. Su estructura era de piedra de sillería revocada, con tejado a cuatro aguas cubierto de teja de barro y un gran alero que se apoyaba sobre zapatas de madera tallada. En su fachada principal destacaba un portalón adintelado y el balcón. La tercera planta era un amplio desván de gran altura. También disponía de un espléndido jardín.

Había estado alquilada durante un corto periodo y la inmobiliaria, finalmente, quiso ponerla en venta casi a precio regalado; aun así, no fue nada fácil atraer la atención de posibles compradores. Quizá estaba demasiado apartada de la vida en la ciudad, no era lugar para urbanitas, pero sí para aquella pareja: Sara, una exitosa pintora cuyos cuadros encontraban comprador al poco de dar la última pincelada, y Felipe, un escritor en busca de inspiración para su nuevo libro. Era el lugar perfecto para fomentar la creatividad de dos bohemios, sobre todo para él, al encontrarse en uno de sus bloqueos.

Firmaron el contrato de compra casi con los ojos cerrados.

El agente estaba tan contento por el cierre del trato que incluso les ofreció, sin coste alguno, el servicio de un camión de mudanza, así como la posibilidad de deshacerse de los muebles u objetos que no fueran de su agrado.

Había varios cuadros antiguos colgados en las paredes. Sara estaba encantada de mantenerlos ahí. Aún había espacio suficiente para poner sus propias creaciones, aunque duraban poco en sus manos una vez acabadas: tan buena era. Llamó su atención el hecho de que solo dos estuvieran cubiertos con tela; el agente se encogió de hombros sin saber la respuesta. Ella no pudo resistir la curiosidad de destaparlos para admirar su belleza.

Uno mostraba a una pareja con vestimenta propia de principios del siglo xx, sentados en el mismo sofá victoriano que habían visto de pasada en el hermoso salón principal. La mujer sostenía entre sus brazos a un precioso gato negro, de llamativos ojos verdes mirando al frente.

—Agosto de 1910. Qué raro, no tiene firma —dijo Sara, deseosa de conocer el nombre del artista.

—¿Has dicho «agosto de 1910»? —se extrañó Felipe—. Eso fue un mes antes del incendio que destruyó parcialmente la casa.

El otro cuadro era de tonos oscuros: el retrato de un hombre que parecía algo más joven que el del otro lienzo, y cuya sombría expresión causaba cierta inquietud si se miraba por un rato. Los trazos eran desesperados, energéticos. Tan solo había una fecha en la esquina inferior derecha: «Octubre de 1910». De nuevo, ninguna firma. Pero Sara tenía buen ojo para esas cosas, sabía que se trataba del mismo pintor.

Enseguida se instalaron. La pareja tenía pocas posesiones, por ello la mudanza se hizo en poco tiempo, sin usar el servicio gratuito que tan amablemente les había ofrecido el agente. No se deshicieron de nada de dentro de la casa, al menos de momento. Quizá ya tomarían alguna decisión más adelante.

En lo que a la adquisición correspondía, no podían esperar más para hacer una celebración por aquel logro. Ese mismo fin de semana organizaron una comida con familiares y amigos. Todos se mostraron encantados con la espectacular vivienda, demasiado grande para solo dos personas, pero a un precio irrechazable.

—¿No te gusta? —preguntó Sara a su hermana—. Hay habitaciones de sobra, puedes quedarte a dormir cuando quieras con el niño y el perro.

En ese momento pasaron cerca del cuadro anónimo, el del hombre de ojos perturbadores, y la visitante se detuvo, mirándolo con cierta expresión de desconcierto.

—Bueno, ya lo pensaré. La verdad es que no creo que el crío duerma bien aquí. Además, preferiría ver tus cuadros en las paredes.

—A mí me fascinan, son como ventanas al pasado. Y aquí se duerme de maravilla, no se oye ni un ruido.

—Precisamente eso es lo que me inquieta. No se oye nada alrededor.

Cierto, no había reparado en aquel detalle. Pero conocía a su hermana, y era más de ciudad que de campo: aunque montaran botellones todas las noches al lado de su apartamento, dormiría como un lirón.

Hicieron un picnic en el jardín. No era muy grande pero tenía mucho encanto, estaba rodeado de árboles, y fue un día hermoso para disfrutarlo. Sin embargo, no se oía un pájaro. Al festín ni siquiera venían avispas, esos molestos bichos que aparecen de la nada en cuanto sacas un bocadillo. Solo ellos rompían el silencio con sus animadas conversaciones y risas.

El sobrino de Sara era un niño de cinco años y le aburrían las conversaciones de adultos, por lo que empezó a jugar con su perro, un cachorro de labrador igual de inquieto. Le lanzaba la pelota y esperaba a que se la devolviera para hacerlo de nuevo. Pero hubo un momento en el que tardó más de la cuenta en regresar. Le oyó ladrar a algo tras un árbol.

Curioso, se acercó a ver.

Y pronto descubriría la razón de los ladridos, una pequeña tumba que rezaba: «Blacky / Agosto 1910». El niño, asustado, llamó a su madre, la cual acudió para consolarle y llevarse al perro de allí para que dejara de gruñir.

—¿Qué ocurre? —preguntó Sara a su hermana al verla alterada.

—¿Sabías que hay una tumba ahí detrás?

Los ojos se le abrieron ante aquella noticia. ¿Cómo podía saberlo? Acababan de llegar, era la primera vez que disfrutaban del jardín.

—¿Tiene algún nombre?

—Darky, Blacky, o algo así.

—Suena a nombre de mascota.

—Lo que sea. Eso lleva ahí desde agosto de 1910. Ya podían haberos dicho algo los de la agencia.

—Nos contaron lo del incendio y la remodelación, pero sin entrar en detalles.

De repente apareció un oscuro nubarrón, amenazaba con darles una buena ducha. Además, ya se estaba haciendo tarde para el crío, por lo cual las visitas decidieron irse.

Quedaba la parte menos divertida de las reuniones: recoger y limpiar.

Aquella noche de agosto hubo una buena tormenta con relámpagos y truenos, la típica de verano. Llovía de verdad, como nunca habían visto, aunque quizá era porque en el bloque de pisos donde vivían antes, las tormentas no se sentían tanto. Esta casa estaba sola en mitad de la nada.

A Felipe le solía venir la inspiración en noches así. Desde esa misma, pasó varios días hasta bien entrada la madrugada escribiendo como loco, encerrado en el salón, el cual había aprovechado para montar su pequeño estudio. El sofá victoriano del cuadro del matrimonio descansaba, polvoriento, en una esquina de la estancia, como si le observara trabajar.

Sara siempre tuvo sueño ligero, además, la última semana su insomnio se acentuó: cuando no le despertaba Felipe al volver a la cama tras sus intensas sesiones de escritura, era por el maullido de un gato. Siempre venía de dentro de la casa, del piso de abajo en concreto. Una noche, llena de curiosidad, decidió levantarse a inspeccionar. Quizá la casa tendría alguna gatera, y se habría colado. Adormilada, recorrió el pasillo hacia las escaleras, arrastraba los pies con paso cansino, sin ver ni oír nada más en mitad de aquella oscuridad silenciosa. Bajó con cuidado la hermosa escalinata, agarrando la baranda en todo momento, y siguió los maullidos… hasta detenerse frente al cuadro del matrimonio que solía vivir allí. Al observarlo cesaron en su insistencia, pero sintió un escalofrío y le dio un vuelco el corazón al ver que el gato pintado pestañeó. Se frotó los ojos, acercándose más al lienzo. Esperaba volver a ver movimiento, pero no pasó nada. Unos segundos después, oyó el tecleo de la máquina de escribir.

—Felipe. Felipe, ¿me oyes?

A medida que se acercaba el sonido se hacía más pertinaz, pero nadie respondía. Imaginó que estaría muy ocupado y no quiso molestar. Con gran esfuerzo volvió a la cama; para su sorpresa, su marido estaba ahí dormido. Sin embargo, seguía oyendo, amortiguado, el frenético tecleo de la máquina de escribir. Suspiró hondo e intentó dormir.

A la noche siguiente volvió a ocurrir. De nuevo el gato, y esta vez se cercioró de estar bien despierta al ver que el animal pestañeaba desde el cuadro: cuando lo tocó, sintió una gélida brisa en su espalda. Entonces, de repente, la mujer que lo sostenía en brazos también parpadeó. Sara dio un traspié al dar un paso atrás, y cayó al suelo de la impresión. Estaba muy asustada. Se levantó con dificultad y volvió a cubrir el óleo con la manta, tal y como estaba cuando pisaron por primera vez la casa.

Nunca le mencionó a Felipe nada de lo que había visto y oído durante las noches por temor a que la tomara por loca.

Llegó septiembre, y Felipe cada vez estaba más encerrado en su novela. Una mañana, desayunando un café con unas tostadas en el jardín, intentó sacarle conversación:

—Has estado escribiendo sin parar últimamente. Sé que no te gusta mucho que pregunte, pero me tienes en vilo. ¿Puedes decirme al menos de qué va tu libro?

Felipe se mantuvo callado unos segundos, con la mirada perdida, antes de responder. No había probado bocado, ni siquiera un sorbo de su taza.

—Una joven, de familia adinerada, tiene una relación con un pintor de vida muy bohemia. Dado el bajo estatus de aquel hombre, la familia de la mujer nunca aprueba la relación; ella le deja por alguien de más alta cuna y se va a vivir con él, a su inmensa mansión. Ella encarga un cuadro al mismo pintor, dándole una alta suma de dinero por ello: de alguna manera quiere ayudarle. El pintor cumple el encargo, hace el cuadro, pero no acepta su rechazo ni la nueva y lujosa vida que lleva sin él. Un día, el matrimonio encuentra a su gato muerto en el jardín de la propiedad, alguien lo ha destripado. Poco después, la casa se incendia y la pareja pierde la vida dentro.

Sara había dado un mordisco a la tostada y se apresuraba a masticar para poder dar su opinión.

—¡Vaya! Parece una novela de terror. Tiene mucho sentido que escribas por las noches una historia así. Resulta obvio que el artífice de todo es el pintor, ¿me equivoco?

Felipe se limitó a observarla comer sin decir palabra. Negó levemente con la misma expresión de desconcierto en el rostro.

—Creo que no.

—Me alegra mucho que por fin hayas vencido ese bloqueo creativo. Pero deberías comer algo, deja de pensar por un momento en el trabajo y relájate.

Sara ya no volvió a oír al gato por las noches y pudo dormir más plácidamente, al menos hasta que su marido la despertaba cuando entraba o salía.

—¿Ya no te quedas hasta tan tarde escribiendo?

—No… Ya casi la he terminado —musitó Felipe con voz temblorosa.

—¡Y en tiempo récord! Tenemos que celebrarlo.

Lejos de manifestar la felicidad que supondría esa hazaña tras su larga pausa creativa, él seguía con los ojos perdidos en un punto indefinido del jardín mientras temblaba como un pajarillo en mitad de un duro invierno.

—¿Te encuentras bien?

La respuesta era siempre la misma, un «sí» muy seco, y quizá alguna disculpa por haberla despertado por las noches.

Hasta que, una vez, él tardó más de la cuenta en volver a la cama. Sara le llamó sin obtener respuesta, y al rato empezó a oler a madera quemada: la puerta del dormitorio estaba cerrada, pero a medida que se acercaba, el olor era más intenso. Un humo negro se coló por los resquicios; hacía bastante calor, a pesar de las frías noches anteriores. Se frotó con las manos la cara, los ojos, pensando que podrían ser más alucinaciones por la falta de sueño, aunque salió del error al abandonar el cuarto.

Se horrorizó al ver la casa en llamas. Empezó a toser, le faltaba el aire, no podía respirar. El humo negro lo invadía todo; se tapó la boca y la nariz mientras llamaba a su marido a gritos, cada vez con más desesperación. Entre los chasquidos de la madera y el ruido de algunas vigas desmoronándose, oyó de fondo la máquina de escribir. ¿Estaría atrapado ahí, sin poder salir? Pero ¿por qué estaría escribiendo en vez de intentar escapar de las llamas? ¿Y qué demonios había ocurrido? Ninguno de los dos fumaba, y las velas eran solo para los apagones, pero no era el caso. ¿Qué pudo provocar el incendio? Volvió a llamarle, con lágrimas en los ojos. Al no tener respuesta intentó salir de allí como pudo, ya que las escaleras que daban al piso de abajo y a la puerta estaban parcialmente derruidas.

Una lengua de fuego muy cerca hizo su piel arder. Pensaba una y otra vez dónde estaría su marido, pero si no escapaba de allí para pedir auxilio, los bomberos no podrían apagar aquel infierno y ayudarle. Se armó de valor y saltó. El golpe fue tremendo, se torció un tobillo y una muñeca; estaba mareada por la falta de oxígeno, debía salir ya. Corrió hacia la puerta, pasando por delante del cuadro del gato. La manta que había puesto para cubrirlo ardía, sin embargo, el retrato de aquel hombre de mirada perturbadora, a pesar de estar cerca del otro, parecía repeler las llamas.

Quizá se estaba volviendo loca, pero además le pareció que el trazo de sus labios se retorcía hasta esbozar una siniestra sonrisa desde el lienzo. No podía más, necesitaba huir de aquel horno. La primera bocanada de gélido aire nocturno le devolvió la vida y le dio alivio a su ardiente piel. Boqueaba y jadeaba con desesperación, como si quisiera tragar todo el oxígeno del mundo de una sola vez. Le temblaban las piernas, los brazos, todo el cuerpo, y cayó de rodillas al suelo, de pura debilidad y cansancio.

Se había salvado de milagro, pero el tiempo apremiaba, no debía perder un segundo en pedir ayuda. Avisar a los bomberos de alguna manera... Su marido aún estaba dentro en alguna parte, o eso creía hasta que alzó la mirada y le vio ahí plantado, a unos metros frente a ella, mirando la casa con una expresión de desconcierto.

Ella no pudo evitar derramar lágrimas de alegría al verle sano y salvo. Se levantó con dificultad y fue hacia él para darle un abrazo. Pero él no reaccionaba, su comportamiento era extraño; enseguida supo por qué, así como el origen de aquel desastre. Tenía bidones de gasolina en las manos.

—Él me obligó... Me hizo hacerlo... —musitó con la mirada perdida en las llamas mientras devoraban su hogar.

—¿Quién? ¿De quién hablas?

—El hombre del cuadro... Oía su voz por las noches, pero nunca te dije nada. Crees que estoy loco, ¿verdad?

Ella negó con la cabeza y le abrazó con más fuerza. Tampoco le había mencionado lo del gato por la misma razón.

Pudieron avisar a los bomberos, él había cogido el móvil antes de salir de la casa tras iniciar el fuego. Se presentaron al poco y pasaron el resto de la noche sofocando las llamas.

A la mañana siguiente, poco quedaba de lo que había sido su hogar por un breve periodo de tiempo, pero al menos habían vivido para contarlo. Las pocas cosas que sobrevivieron a aquel infierno fueron la máquina de escribir, los manuscritos de Felipe, y ese cuadro, el del hombre. El resto había quedado destrozado.

—¿Cómo es posible? —susurró horrorizado.

Ella no supo contestar, tenía un nudo en la garganta, y tampoco sabía la respuesta a aquel enigma. Los escritos eran papel, deberían haber quedado reducidos a cenizas, pero las hojas solo estaban un poco chamuscadas en las esquinas. En cuanto al cuadro, ya que parecía ser indestructible, optaron por descolgarlo de la pared y buscar un lugar adecuado en el jardín para enterrarlo bien profundo.

—¿Quién demonios fue este hombre?

—El pintor. El mismo que me contó la historia que te relaté —respondió Felipe.

Sara le miró sin dar crédito a sus oídos. Él señaló la pequeña tumba del jardín, la misma que le había mencionado su hermana.

—«Blacky / Agosto 1910» —leyó Sara—. Mató al gato. Y se hizo este autorretrato un mes después de prender fuego a la casa con el matrimonio dentro.

De pronto, oyeron el tecleo de la máquina de escribir…

LAS 3:33

No sé dónde me encuentro, estoy confundida. Hay tinieblas alrededor, y un extraño silencio lo invade todo. ¿Cómo he llegado hasta aquí...?

Esta madrugada vuelve a ocurrir. La espesa oscuridad solo me permite ver los números rojos del reloj digital: las 3:33. Otra vez. Por alguna razón siempre despierto a esa misma hora. Puedo intentar conciliar de nuevo el sueño con un vaso de agua, o leer un capítulo de algún libro... Pero ahora hay algo distinto en el ambiente. O quizá soy yo. No sé explicarlo. El aire no llena mis pulmones, no tengo el típico mareo, o dolor de cabeza, de no haber dormido lo suficiente. No recuerdo ningún sueño, cuando, en otras vigilias, despertaba en mitad de alguno. Siento la carga del pesado silencio sobre todo mi ser. La puerta está entreabierta, pero recuerdo haberla cerrado. Tras ella hay una luz, muy tenue. De repente, una voz desconocida susurra mi nombre. ¿Dejé abierta alguna ventana por la cual hubiera entrado alguien?

Siento escalofríos. Pero algo dentro de mí quiere saber qué ocurre. Atravieso la puerta, esa luminosidad es cada vez más intensa, hasta el punto de cegarme.

La extraña presencia me pide salir de la casa, que siga la luz. Es todo tan insólito. Seguramente estoy soñando… Aunque, si todo es un sueño, qué más da ir, ¿no? Tarde o temprano, sonará el despertador para seguir con mi rutina diaria.

A un paso de la entrada de la casa, a punto de tocar el picaporte, esa voz me habla de nuevo.

«No, no lo harás. En cuanto abandones este lugar no podrás regresar».

Ahora dudo. ¿Qué quiere decir con eso?

«Sé que no quieres volver. No tengas miedo. Yo guiaré tu camino hacia un lugar donde solo hay paz».

No puedo evitarlo, la curiosidad es superior a mis fuerzas. Aún creo que todo es un sueño. Ya tuve varios en los cuales era consciente de que aquello era una experiencia onírica. Abro la puerta y la luz tras ella me ciega por un instante, pero solo hasta poner un pie fuera de la casa.

Ahora todo son tinieblas. Tiene sentido, es de noche. Y reconozco la calle donde vivo, sin embargo, hay algo distinto que no sé explicar. Este silencio me inquieta. Ya no oigo más esa voz.

Siento que alguien pasa tras de mí, caminando muy lentamente. Le conozco hasta de espaldas: es mi padre. Aunque no puede ser él. No recuerdo la última conversación que tuvimos. Nada de esto es real, pero no voy a dejar escapar la oportunidad de hablarle de nuevo. Necesito hacerlo. No pude despedirme de él, se fue de repente con un infarto.

—¿Papá?

Detiene su paso cansino, se gira lentamente. Mis ojos están a punto de estallar en lágrimas cuando me mira y sonríe. Prosigue su camino. No quiero despertar, necesito hablar con él, abrazarle, despedirme como no pude hacerlo. Noto un roce en el hombro, me giro y no hay nadie. ¿Dónde está mi padre ahora? Le busco por todas partes, no ha podido ir muy lejos. Pero ahora todo alrededor es distinto, no reconozco el lugar donde me encuentro.

—¿Papá?

«Sigue la luz y le encontrarás».

Esa voz de nuevo… Etérea, no sé quién es ni de dónde viene.

—¿Dónde estás? ¿Quién eres?

No hay respuesta. Tengo miedo. No sé dónde he venido a dar, todo es extraño. Estoy sola y no encuentro a mi padre.

—¿Qué luz? Está todo oscuro. Quiero despertar. ¡Despierta! ¡Despierta!

«No es otro de tus sueños. Ya no puedes volver».

De repente una intensa luz lo invade todo. Me ciega.

«Estoy aquí».

Esa voz… Todo a mi alrededor se difumina, se diluye, yo incluida; ahora ni siquiera puedo pronunciar palabra alguna. No veo mi cuerpo, no siento nada: solo queda mi pensamiento. Creo que me estoy fundiendo con esta luz...

EL CUMPLEAÑOS

Ese día cumplía cuarenta años. Pero Mila no pidió el día libre, sino que fue a trabajar como un viernes cualquiera. Su empresa tenía una pequeña oficina a la cual solía ir en bus, si no, tenía que caminar una media hora hasta llegar, y así podía parar un momento en una cafetería que pillaba de camino para un café rápido. Para retornar a casa, sin embargo, volvía a usar el transporte público debido al cansancio acumulado del día.

Por ello, solía dejarlo todo recogido para llegar a tiempo al bus, que paraba justo al lado de su casa. Pero esa mañana fue extraño que, tras esperar más de la cuenta, no vio arribar ninguno. Se resignó a ir a pie; echó mano al bolso y se percató de que se había olvidado el móvil en casa. De cualquier modo, no dejaría pasar la oportunidad de acudir a la cafetería a tomar un café al terminar la jornada y, por qué no, esta vez acompañado de un pedacito de pastel. No solía comer dulces, para no arruinar el esfuerzo del gimnasio, pero no todos los días se cumplen cuarenta años.

Le sorprendió ver el comercio cerrado a pesar de encontrarse en horario, según el letrero de la entrada. Se encogió de hombros y siguió su camino. La cafetería no era el único sitio cerrado: bares, tiendas… nada de lo que encontraba estaba abierto. El colmo: ni siquiera la oficina. Y no pudo preguntar a nadie qué estaba pasando, porque no había ni un alma: los pasillos, las calles, incluso la vía principal, estaban solitarios, silenciosos para ser un viernes, ya casi por la tarde. No había coches, autobuses, ni gente paseando. Mila se veía cada vez más inquieta con la extraña situación, y aceleró el paso de vuelta a casa.

El ascensor estaba estropeado, había una nota en la puerta que decía que el técnico debía haberse presentado esa mañana, pero era evidente que no apareció. No le quedó más remedio que subir las escaleras.

Cuando abrió la puerta de su apartamento, casi le dio un infarto.

—¡Sorpresaaaaa!

—¡Feliz cumpleaños! —dijo su novio, yendo con ojos llorosos a abrazarla.

Fue un abrazo sentido, como hacía tiempo que no le daba uno, como si no quisiera separarse de ella nunca más.

Mila no daba crédito. El salón estaba lleno de amigos e incluso vecinos con sus niños pequeños. A algunos hacía mucho tiempo que no los veía, porque vivían en otra ciudad y nunca conseguían cuadrar horarios para encontrarse. Había algo en sus expresiones que Mila no supo explicar. ¿Realmente estaban tan emocionados por su cuarenta cumpleaños?

La mesa estaba abarrotada de comida y regalos. Se quedó sin palabras.

—Muchas gracias a todos, de verdad. Esperaba algunas llamadas hoy, pero esto es demasiado. No sabía que iba a tener tan buena acogida en esta fecha tan especial para mí.

—Realmente es un día especial para todos —dijo una amiga suya, que venía de otra ciudad. El gesto de su rostro, sin embargo, no evidenciaba la felicidad que supondría la celebración de un cumpleaños.

Esta mujer se veía particularmente emocionada mientras posaba las dos manos en los hombros de su pequeño, que en todo momento se mantenía de espaldas, con la cara escondida entre las piernas de su madre. Mila pensó que era en señal de timidez.

—Me alegro mucho de veros reunidos aquí. No sé qué decir...

—Sí, nosotros también nos alegramos de estar todos —dijo Oleg, el más anciano.

—Querría haber traído un pastel o algunos dulces, pero no encontré nada abierto. No pude avisar porque esta mañana olvidé el móvil, y cuando me di cuenta, se me hacía tarde —se disculpó Mila con su novio—.

Por cierto, ¿cómo habéis llegado todos? Hoy no he visto ningún autobús por la calle, ni tampoco coches aparcados cerca.

Hubo unos segundos de silencio que a Mila se le hicieron cortantes como el frío.

—¿No has visto las noticias? —dijo uno de sus amigos, el novio de Mila intercambió miradas con él y le hizo un leve gesto, negando con la cabeza.

—No, y tampoco suelo prestarles mucha atención, ¿ha pasado algo?

—Debes estar hambrienta, cariño. Ponte cómoda y comamos algo todos juntos.

—De acuerdo, vuelvo en un minuto.

Mila se fue a su cuarto para ponerse ropa más holgada y confortable, mientras el resto lo preparaba todo para empezar a comer. Puso los ojos en blanco y chasqueó la lengua al ver el móvil encima de la mesita de noche. Lo cogió y vio todas las llamadas perdidas de su novio, y varios mensajes de los presentes.

Apenas estaba leyendo algunos cuando se oyó un fuerte estruendo fuera, seguido de los gritos de los asistentes. Los niños empezaron a llorar. Y no se trataba de una tormenta, ni de fuegos artificiales para celebrar ningún cumpleaños.

Al volver al salón vio a todos agazapados en el suelo, temblando, los rostros llenos de desesperación. Solo algunos atrevidos se asomaron a las ventanas para ver lo que estaba ocurriendo.

—¡Agáchate, Mila!

Su novio fue hacia ella, tomó su mano e hizo que se agazapara con él en el suelo.

—¿Qué está pasando? —musitó Mila, asustada.

—Algo terrible —dijo aquel amigo que le había mencionado las noticias.

—¿Ya lo sabíais todos?

—Creímos que tu cumpleaños sería una bonita manera de reunirnos una última vez. Lo siento, Mila.

Una nueva explosión, más cercana, hizo retumbar el edificio, el apartamento entero se bamboleó haciendo caer estanterías, lámparas, cuadros y demás objetos.

Mila observó a su asustado amigo con la cara desencajada y los ojos a punto de estallar en lágrimas.

¿DÓNDE ESTOY?

Estaba nublado. Una gélida brisa mecía las ramas de los árboles. El silencio lo cubría todo. No se había encontrado con ningún coche, aunque llevaba un buen rato conduciendo. La carretera era oscura, tenebrosa; la bordeaban unos árboles siniestros como fantasmas, cuyas ramas sin hojas se retorcían entrelazadas para cubrir el cielo a modo de inmenso túnel, uno hacia el inframundo. Intentó sintonizar alguna emisora en la radio, pero solo obtuvo interferencias. El GPS dejó de recibir señal y tampoco tenía cobertura en el móvil.

Tras atravesar la espeluznante zona boscosa, la visibilidad no era mucho mejor; el camino se estrechaba cada vez más, la caída a ambos lados era considerable: un pequeño descuido podría ser fatal. Se notaba humedad en el ambiente, además de un característico olor salado. Detuvo el coche en una especie de mirador. Se bajó sin dar crédito a sus ojos: el mar lo rodeaba todo. No sabía dónde estaba.

Dio la vuelta para retornar a aquel lugar donde el cementerio le daría la bienvenida de nuevo. La entrada era una reja de hierro bastante oxidada, movida a merced del viento, abriéndose chirriante como si alguien invisible le invitara a entrar.

Las calles de aquel pueblo tan sombrío estaban desiertas. Aunque sin duda alguien se había molestado en mantenerlo todo perfecto, esas pequeñas casas lucían deshabitadas. Las calabazas de Halloween parecían burlarse de él con sus sonrisas demoníacas y sus cuencas vacías.

No vio un solo animal: ni pájaros, perros o gatos rondando por allí. Ni siquiera se oían los grillos.

Al bajarse del coche no dio crédito, tenía las puertas abolladas y el portón trasero se reducía a un amasijo de plástico y metal. No recordaba haber tenido un accidente en ningún momento. Pero entonces reparó en las manchas rojizas del salpicadero: era sangre reseca. Se miró la ropa y tenía lamparones del mismo color en la camiseta y los pantalones.

En ese momento, el ruido de sus tripas le sacó de sus pensamientos para devolverle a la realidad. Aparcó cerca de una tienda de ultramarinos. Para su sorpresa, encontró el establecimiento tan vacío que ni siquiera estaban los empleados. Se acercó a la caja registradora y la abrió sin ningún problema. No conocía la moneda de ese lugar, jamás la había visto. Pero ¿cómo era eso posible? No había conducido tanto como para estar en el extranjero, un país de moneda desconocida. De repente, una ráfaga de aire frío abrió la puerta con violencia. Le temblaron las piernas, miró a todas partes, buscaba inconscientemente a alguien que no se hallaba allí. Un escalofrío le recorrió toda la espalda. Decidió salir de la tienda.

El depósito estaba en la reserva, debía encontrar una gasolinera. Tras un rato dando vueltas, finalmente llegó a la única estación de servicio que parecía haber por allí. Dentro encontraría la misma situación: todo estaba desolado. Por ello decidió repostar, coger un sándwich, un paquete de tabaco e irse sin pagar. Al lado de la puerta vio la sección de prensa, se reducía al periódico local: *Saol Eile News*.

Saol Eile... No conocía ningún sitio llamado así, pero lo más inquietante eran las noticias publicadas en su gaceta: todas estaban relacionadas con desapariciones y suicidios.

Ahí vio la foto del hombre a quien buscaba: su hermano. Había desaparecido en extrañas circunstancias y recordó haber salido de su casa para dirigirse al lugar donde fue visto por última vez con la intención de localizarlo.

En la publicación encontró una noticia que decía que hallaron el cuerpo de su hermano en una zona boscosa, el mismo sitio que pretendió inspeccionar. Quizá fuera aquel espeluznante tramo oscuro, con los árboles formando un túnel. Se planteó volver allí.

Pero lo que en realidad le heló la sangre fue ver su propia foto en una de las páginas de sucesos, con un artículo que decía que sufrió un accidente automovilístico y que había fallecido.

DANTE

Me hallaba tumbado en una camilla. Apenas podía moverme. Hice amago de levantarme, pero, no sé cómo, perdí el equilibrio. Caí al suelo. El impacto sonó como si estuviera hecho de metal: por eso me sentía tan pesado.

Enseguida apareció una enfermera, alarmada por el estruendo. Al verme ahí tirado, intentando ponerme en pie para dar unos pasos, como si fuera un bebé, dejó encima de la cama el dispositivo que llevaba y me ayudó. Tenía una fuerza descomunal para ser de carne y hueso. Gracias a ella pude levantarme y recuperar el equilibrio. Me sentí patético en aquel momento.

—Su expresión facial delata que se siente avergonzado —dijo con tono suave y una leve sonrisa amable—. No se preocupe, al principio es normal. Con el tiempo se acostumbrará a su nuevo cuerpo.

—No me llames de usted, tengo treinta y nueve años. No soy tan mayor.

—Tienes buen sentido del humor —comentó ella, riendo un poco; no entendí qué le resultaba tan gracioso. De nuevo, observó mi reacción de incredulidad—. Ahora su expresión facial delata...

¿Pero qué demonios le pasaba a esa mujer?

—Sí, sí, sé lo que vas a decir... —interrumpí algo nervioso, mirando alrededor sin entender nada de aquella situación—. Mi expresión facial delata que no tengo ni puta idea de qué hago aquí, ni de por qué hablas como un robot.

Se quedó en silencio unos segundos, pareciendo incómoda por el comentario. La observé detenidamente: sus movimientos eran naturales, humanos, pero nadie se expresaba de esa manera.

—¿Eres una IA?

—En el armario tienes ropa de tu talla —musitó, evitando contestar mi pregunta.

—Perdona, estoy un poco desorientado... No sé por qué me han hecho esto.

—Toda la información la tienes ahí. Antes de irte debes firmarlo —señaló una especie de *tablet*, y se fue cerrando la puerta.

En el armario solo había prendas negras, de una tela parecida al cuero. Me gustaba el estilo, aunque con aquel cuerpo metálico no volvería a sentir frío ni calor. Descubrí en mi hombro un tatuaje negro: CRYONIX-XXI, y un código de barras.

En la *tablet* aparecía exactamente la misma codificación junto a un logo corporativo, de una empresa llamada Cryonix. Sin embargo, lo que llamó poderosamente mi atención fue la fecha: ¡noviembre del año 2220! ¡Eso no podía ser verdad!

Revisé todos los datos míos que pude encontrar en aquel dispositivo:

«Nombre del sujeto: Alexander Dante.

»Edad: 39 años.

»Fecha de defunción: 7 de noviembre de 2020.

»Causa de defunción: cáncer de pulmón».

Me vestí y busqué de nuevo a la sanitaria, sin éxito. Bajé a recepción y me atendió una mujer que parecía un clon suyo.

—No entiendo nada. ¿Es una broma pesada? ¿De verdad estamos en el año 2220? ¿Tienes una cámara oculta en tu ojo, o algo?

—Tranquilícese, por favor.

Hasta su voz era exactamente igual a la de la enfermera.

—Lo haré cuando alguien me explique por qué tengo un cuerpo mecánico.

—No estoy autorizada a darle esa información, señor. Todo lo que necesita saber está ahí —señaló la *tablet*.

—Tú también eres una IA… ¿Puedo hablar con algún humano?

—¿Humano?

—Sí, un bípedo de carne y hueso… como era yo antes de esto. ¿Sabes qué es un humano?

Sus ojos se quedaron en blanco de repente. Eso me dio escalofríos.

—La raza humana se extinguió como tal a finales del siglo XXI. Causas: polución, medioambiente degradado...

Parpadeé, incrédulo, sin prestar más atención a toda aquella retahíla de datos sin sentido. Parecía estar hablando con Alexa, o algo así. Me dirigí a la puerta, decidido a descubrir por mí mismo las respuestas que buscaba.

—Antes de abandonar las instalaciones de Cryonix debe firmar aquí.

Haciendo caso omiso, salí de allí. Llovía con fuerza sobre la jungla de acero e imponentes edificios destartalados desplegada ante mis ojos. Enormes rascacielos rozaban las negras nubes de tormenta.

La urbe tenía un ritmo agitado: un vehículo pasó volando por encima de mi cabeza a toda velocidad sin apenas hacer ruido, y un tipo que venía en dirección contraria se topó conmigo sin evitar el contacto, apartándome de su camino con un empujón.

No muy lejos había un puesto de comida rápida, tenía un toldo con grandes *kanjis*. Me refugié bajo él, observando las sartenes humeantes y al cocinero. Llevaba un gorro asiático, la mitad de su rostro cubierto, y la túnica gastada dejaba entrever unos brazos mecánicos parecidos a los míos. De hecho, en uno de ellos tenía grabado un código de barras, pero con un nombre diferente.

—Cryogen XXI —leí en voz alta.

—¿Tienes uno también? —respondió mirándome con sus ojos rasgados.

—El mío es Cryonix-XXI.

—Somos del mismo siglo, entonces.

—¿Qué son esas empresas?

—Megacorporaciones que despiertan a los criogenizados. Yo fallecí por accidente de tráfico en 2020. Por lo visto, mi cuerpo quedó destrozado, menos la cabeza.

—Ese mismo año, el cáncer de pulmón acabó conmigo.

—¿Pulmón? El aire aquí es irrespirable. Te han debido sustituir prácticamente todo, como a mí. Les resulta más rentable fabricar un cuerpo mecánico entero que hacer compatibles las partes artificiales con todas las orgánicas; seguro que las venden al mercado negro. Están muy cotizadas, sobre todo la espina dorsal.

No pude evitar pensar en lo inevitable…

—¿Incluido el cerebro?

—No. Tú no hablas como esas IA que andan por ahí. Tenemos suerte de aún conservar nuestra mente pensante, amigo. He oído rumores de que esas corporaciones, a veces, reemplazan cerebros por chips, para manipular a la población más fácilmente. A nosotros nos ponen un código de barras. No controlan nuestra materia gris, pero tampoco somos libres. Nadie lo es.

—¿Tú firmaste ese documento?

El hombre asintió.

—¿Y qué ocurre si no se hace?

—Que no estarás registrado como ciudadano legal. Y eso no es nada bueno.

—¿Qué es lo peor que podría pasar?

—Lo menos malo: no podrás ganarte la vida con un trabajo como el mío. Lo peor: las autoridades te darán caza.

Un tipo se acercó a la barra. Tenía un aspecto lamentable, las ropas rasgadas y sus partes metálicas, incluido el cráneo, bastante deshechas; parecía que le hubieran rociado con un potente ácido.

—Esta maldita lluvia va a acabar conmigo… —musitó dándole un brillante pedazo de metal oscuro al de la tienda, tenía aspecto escamado—. Dame lo mejor que tengas.

—¿La lluvia te hizo esto? —pregunté, incrédulo.

—Es corrosiva por la contaminación atmosférica. A ti también te pasará si no tienes cuidado.

—¿Y cómo se supone que le va a ayudar la comida que preparas?

—Que no te engañen las apariencias, ya no hay ingredientes naturales, es todo artificial y prefabricado por las megacorporaciones. La comida contiene nanomáquinas que reparan los daños internos y externos. El resto es por si mis clientes conservan el sentido del gusto o alguna parte orgánica; puede darse el caso.

Despachó al tipo, y cuando se fue no pude ocultar mi curiosidad sobre ese pedazo de metal con el que le había pagado la comida.

—¿Qué te ha dado como pago? No parecía una moneda.

El hombre se echó a reír.

—Ya no existe el dinero como tal, ha perdido todo su valor. Tanta tecnología, para volver a comerciar con trueques y con tráfico de información: eso es lo más importante ahora.

—Solo te ha dado un pedazo de metal, y se ha llevado un montón de comida.

—No es cualquier metal; es draconium —confesó en tono bajo—. Su mera posesión por gente como nosotros es motivo de desguace. Lo debió conseguir de contrabando, o quizá es un *hacker* que consiguió burlar la seguridad de donde lo tiene almacenado la corporación Kaneda.

—¿Desguace?

—Eso es. Aparte de la maldita lluvia corrosiva, debes mantenerte alejado de los drones que patrullan la ciudad. Nos escanean a todos para comprobar que somos legales; si no lo eres y te pillan, te llevan al desguace.

—Mierda, lo que daría por volver a los ochenta ahora mismo…

El hombre se carcajeó.

—Por cierto, mi nombre legal es Hiro.

—Alex Dante. ¿Legal?

—Sí, el que te permiten tener. Te aconsejo que no uses tu nombre verdadero: los drones tienen acceso a los bancos de datos de los criogenizados no registrados, y si alguien te delata, te llevan al desguace. Invéntate un apodo, algunos usan los nombres de los metales que componen sus aleaciones; a ti te pega llamarte Titanium.

Vi un dron acercarse a la tienda. Tras la información que me había dado Hiro, me asusté y estuve a punto de echar a correr, pero antes de que lo hiciera, él me invitó a esconderme dentro antes de que estuviera en el rango visual del agente volador. Pude atestiguar cómo Hiro fue escaneado.

—Hiro, corporación Toyoda. Ciudadano legal en zona verde —dijo la robótica voz antes de proseguir su camino.

—¿Zona verde? —pregunté mientras me incorporaba.

—El mundo ha cambiado mucho desde el siglo xx; ahora básicamente se divide en la zona verde y la roja. Están en constante conflicto. Has tenido suerte en haber sido despertado aquí. La zona roja es mucho peor.

En ese momento sentí una punzada en la cabeza, como si una aguja invisible me hubiera penetrado el cráneo hasta el cerebro, y se me nubló la vista. Me vi en mi apartamento, tumbado en un sofá, y al lado una mesa con un cenicero lleno de colillas. Sufrí un aparatoso ataque de tos, y el único ser que me dio algo de atención fue un gato negro que se acurrucó a mi costado. En la estantería del comedor vi una foto mía con una chica. De repente, dejé de sentir ese penetrante dolor y la visión del pasado se esfumó para dar paso al rostro preocupado de Hiro.

—¿Estás bien, Titanium?

—¿Qué...? ¿Qué ha sido eso...? —dije, incorporándome con dificultad.

—Depende de lo que hayas visto.

—Parte de mi vida anterior, estaba en mi apartamento.

—Ah, sí. Debe ser un *glitch* de realidad.

—¿Un *glitch*?

—Sí, los llamamos así porque ahora se consideran fallas del sistema. Todo lo que recuerdes de tu pasado es algo que los sistemas actuales no han podido erradicar de tu memoria. Es de las pocas cosas que definen al humano extinto, debes atesorarlos como si fueran draconium.

—Dime una cosa, Hiro: ¿quién querría criogenizar y resucitar a un tipo como yo?

—Yo me hice la misma pregunta muchas veces, pero mis *glitches* no fueron muy claros al respecto. Por aquí han pasado muchos clientes que me confesaron muchas cosas. Ya no abundan los charlatanes como yo, que les den conversación; algunos me hablaron de sus *glitches*, para ver si coincidían con los míos y así poder recordar mejor la vida anterior. Puede que uno de tus seres queridos se haya gastado el dinero en criogenizarte con la esperanza de que pudieras volver a la vida. En cuanto a resucitarte, eso ya queda más dentro de los intereses de las megacorporaciones que controlan las *cryos*. Siempre necesitarán esclavos, ¿verdad? Y si desguazan a muchos, necesitan reemplazos.

—Vaya ironía: te criogeniza alguien pensando que te hará un favor, y resulta que este es el infierno que te espera: convertirte en un esclavo de las megacorporaciones, o un ilegal con riesgo de ser desguazado en cualquier momento...

—Bienvenido al siglo XXXIII.

—¿Y no han inventado una máquina del tiempo, o algo así para viajar al pasado? Siempre pensé que en el futuro las acabarían fabricando.

—Hay rumores de que sí. Pero, de ser cierto, seguro que son ilegales, tanto como el draconium.

—¿Entonces existen?

—Solo serían para las élites, si no, imagínate: ¿crees que si yo tuviera una no volvería al pasado para no estar aquí? Volvería y me aseguraría de quedar bien muerto.

EL ANIVERSARIO

Aquel día era especial: mi novio y yo cumplíamos un año de relación. Por eso decidí ir al supermercado a comprar ingredientes para preparar una romántica velada.

Nunca le importó mi condición, tampoco correr con todos los gastos hasta que en alguna entrevista de trabajo pudiera mostrarme lo suficientemente bien como para que me dieran el puesto. De momento no podía ayudarle con mi sueldo y eso no me gustaba, lo veía injusto para él. Por ello, mientras esperaba respuestas a las últimas entrevistas, le hacía la comida, las tareas del hogar...

Eran las cuatro y media de la tarde. Él solía salir del trabajo a esa hora, a no ser que por algún motivo le dejaran irse antes. En esos casos, siempre avisaba con un breve mensaje. Comprobé el móvil; no había mandado nada. Perfecto, tenía tiempo suficiente para cocinar su plato favorito con un buen vino, además de poner la mesa con velas aromáticas, de esas con olor a vainilla, sus preferidas. Debía volver ya a casa si no quería andar más apurada de la cuenta. Por suerte, la cola de la caja no se demoró mucho.

Fuera estaba lloviendo a mares y no tenía con qué cubrirme, por ello iba caminando a paso ligero. Al doblar la esquina de nuestra calle fui arrollada por una mujer, venía corriendo en mi dirección; ni pidió perdón ni detuvo su carrera. Ella llevaba paraguas, yo tenía más prisa por estar bajo techo, aunque ya casi llegaba a casa.

—¡Ey, tenga más cuidado! —increpé.

Me extrañó ver el coche aparcado frente a la puerta: mi chico había venido antes sin avisar. Eso era inusual. Tal vez, al ser nuestro aniversario, quiso darme una sorpresa, y eso había arruinado por completo la mía. Quería tener la velada perfecta lista para cuando llegase, pero, bien pensado, también nos divertía cocinar juntos.

Dejé las pesadas bolsas en el suelo para sacar las llaves del bolsillo. Estaba todo muy oscuro. Tampoco se oía nada.

—Hola, cariño, ya estoy en casa —anuncié a viva voz.

Respondió un inquietante silencio. «Se le ha debido olvidar algo y salió un momento», pensé. Sentí un mareo repentino, malestar general. Ya tocaba tomar una de las tantas pastillas que me hacían sentir como si me hubiera arrollado un camión. Fui al armario del alijo, como lo llamábamos de broma, pero estaba lleno de botes vacíos. Otra vez se me había ido el santo al cielo. «Mi amor salió a comprarlas, por eso no está aquí.

Volverá pronto, la farmacia está ahí al lado. Además, a estas horas no suele haber nadie.»

Empecé a preparar la cena, pero mi preocupación se acrecentaba a cada segundo sin saber de él. Miré el móvil. Nada, ningún mensaje o llamada perdida.

Marqué su número. Tres tonos, cuatro… No lo cogía. Presté atención al oír una leve vibración en el piso de arriba. Cuando colgué, cesó. «¿Se habrá dejado el móvil en el cuarto?» No. Le conocía bien. Era más probable que se olvidara de las llaves de casa que de su teléfono… Aunque, cuando llegué, la puerta estaba bien cerrada con doble vuelta. Algo súper raro.

Toda aquella situación estaba empezando a asustarme. Subí las escaleras mientras le llamaba de nuevo. Esta vez no colgué, para estar segura de dónde provenía la vibración: era en el dormitorio. En el pasillo reinaba la oscuridad. La puerta estaba cerrada, la palpé hasta encontrar el pomo. Algo pringoso humedeció mis manos. Cuando estuve dentro del cuarto, encendí la luz. Me llevé un susto de muerte al verle tendido en la cama, no le esperaba ahí.

—¿Te quedaste dormido, amor?

Tenía el sueño ligero. Se habría despertado tan solo con el vuelo de aquella mosca revoloteando sobre él, pero no lo hizo. El asqueroso insecto vino hacia mi cara con decisión; lo espanté con la mano, y, al verla ensangrentada, de la impresión dejé caer el móvil. Eso impregnaba la puerta: sangre.

El corazón se me congeló de súbito. No quería creer aquella visión: su camisa estaba ensangrentada, tenía una puñalada en el pecho. Justo en ese momento, la grabación de su voz dijo: «En este momento no tengo ganas de atenderte. Si es tan importante, deja tu mensaje después de la señal y te devolveré la llamada… si me apetece».

Al escuchar aquella última broma y recordar su peculiar sentido del humor, fui consciente de cuánto le echaría de menos. Con los ojos estallando en lágrimas, bajé la mirada al suelo. El teléfono yacía sobre la alfombra, al lado del arma homicida: uno de sus cuchillos carniceros, completamente ensangrentado.

Estaba en shock, temblaba todo mi ser. Lloré a gritos sobre su cuerpo. Le cubrí de besos sin que me importara empaparme con su sangre. No sabía qué hacer, solo quería una cosa: averiguar quién lo había hecho, para vengarme. Pensé en llamar a la policía, sin embargo, alguien se había adelantado: oí las sirenas aproximándose. Aparté la cortina de la ventana: había dos coches patrulla frente a la entrada. No podía salir sin ser descubierta, aunque intentar huir solo empeoraría las cosas.

Además, no debía temer nada. ¡Era inocente! ¡No le maté! ¡Le amaba! Sin duda, me esperaban largas horas de interrogatorios: para ellos era la principal sospechosa, puede que la única. Y si no tomaba la medicación de inmediato, sufriría otro de mis brotes esquizofrénicos, lo que no sería de gran ayuda en aquel momento.

Me harían un montón de preguntas, una de ellas sería: «¿Cuándo fue la última vez que se tomó su dosis?». Ni lo recordaba. Cuando no lo hago, todo se nubla en mi mente, se vuelve un laberinto del que no sé cómo salir.

Esa mujer que me encontré en la calle podía haber sido su ex, vi fotos de ella en el cajón de la mesita de noche de mi novio y se le parecía, o eso creo… Pienso que, por alguna razón, seguía viéndola. ¿Le mató ella? Seguro que sí. Yo no fui. O no recuerdo haberlo hecho…

SCORPIUS-8

Despierto de repente. La gravedad tira con fuerza descomunal de la cápsula metálica en la que me encuentro, voy en caída libre hacia alguna parte. No puedo ver nada. El calor me asfixia, siento que me falta el aire.

De pronto siento una fuerte desaceleración y el descenso se hace más suave. Puedo oír cómo algo se despliega bajo mis pies y el movimiento se detiene en seco. He aterrizado.

Abro la compuerta y me encuentro en medio de un páramo desértico de un color extraño. Alzo la vista, el cielo posee unos tonos que jamás había visto… ¡y hay dos soles!

El aire parece oxigenado, ya que no tengo dificultad para respirar ni noto ningún olor extraño que delate que pudiera estar inhalando algún gas tóxico. De todas formas, ¿cómo puedo saberlo, si no tengo ni idea de la composición de esta atmósfera?

Al bajar, noto la tierra bajo mis pies descalzos. Me observo con asombro las manos, brazos y piernas, palpándolos con atención: todo mi cuerpo está recubierto de una especie de sustancia dura, pero flexible a la vez, que me protege. Intento arrancar una parte, y duele. Es como una segunda piel.

A lo lejos diviso otra cápsula como la mía. No estoy sola en este planeta desconocido. Para llegar a ella tengo que caminar bastante, pero me siento muy ligera y eso ayuda a moverme más rápido. Al correr, la sensación de velocidad es increíble; apenas rozo el suelo con los pies.

Freno en seco junto a la cabina vacía. Unas huellas impresas en el terreno rojizo y arenoso se alejan de la zona. Voy a seguirlas.

Por el camino descubro un hermoso lago. El agua, si es tal, tiene un color violáceo y está en calma. La sed no me apremia, pero la curiosidad hace que investigue ese elemento líquido. Tomo un poco entre las manos, y cuando se escapa entre mis dedos noto una sensación de quemadura. Es una especie de sustancia ácida que daña la coraza que me recubre.

Definitivamente, su composición química no es H_2O ni algo que sea seguro beber, o siquiera tocar.

Ando un rato sin hallar ni rastro de vegetación o fauna. Sin embargo, veo desperdigadas unas cuantas cápsulas más como la mía hasta que, al fin, llego a lo que parece ser un asentamiento: son módulos redondeados separados entre sí, todos del mismo tamaño, hechos de un material flexible y semitransparente.

No hay nadie fuera y no me atrevo a irrumpir en una de esas miniviviendas, o lo que sean; voy a sentarme al lado de una y esperar a que alguien aparezca para darme una explicación a todo esto. Al menos no estoy sola aquí, y necesito respuestas al océano de preguntas que me inunda la cabeza.

Intento hacer memoria de cómo llegué, del viaje, y es frustrante no recordar nada. Lo más seguro es que las cápsulas que nos trajeron aquí debieron haber sido eyectadas de una nave más grande, una nodriza que, por alguna razón, nos ha traído a todos hasta este mundo extraño.

Me levanto de un respingo al ver algo viniendo hacia mí. Es un ser extraño, tiene un recubrimiento similar al mío, pero el aspecto de su cara es aterrador, y posee una larga cola acabada en un aguijón, muy parecida a la de los escorpiones.

¿De qué manera puedo defenderme de semejante criatura? Se detiene como a dos metros de mí. Al verla más cerca, el miedo me paraliza. Por suerte no es hostil, o eso parece, al menos ahora.

El nudo que tengo en la garganta me impide pronunciar palabra alguna. Me limito a observar a aquel ser con los ojos muy abiertos, como si viera un fantasma. Mi expresión debe resultar graciosa, ya que le provoca una leve risa, y eso me da aún más escalofríos.

—Bienvenida —dice en mi idioma. Su voz suena masculina y distorsionada.

Asiento sin saber muy bien qué decir o por dónde empezar. Las primeras dudas que me asaltaron cuando aterricé se referían al planeta; ahora todas estaban dirigidas a aquella cosa que me hablaba. No es muy cortés preguntarlo, pero la curiosidad me puede, y…

—Yo era como tú cuando llegué. Fui de los primeros en terraformar Scorpius-8.

Ya sin miedo, y más tranquila, decido hablar, pero una vez más se me adelanta.

—Sí, existen otros siete planetas Scorpius. Todos orbitan el sistema binario —señala los dos soles.

Uno de ellos es el doble de grande que el otro, y su posición cambió desde que los observé por primera vez. Ahora su dedo alargado apunta en otra dirección en el cielo.

—Perséfone y Hades, nuestras lunas.

Perséfone es la más grande y hermosa, visible casi en su totalidad. Hades tiene forma irregular y se muestra a la mitad, como si una fuerza divina la hubiera partido en dos. No puedo esperar a que se haga de noche para admirarlas brillando en todo su esplendor.

—Sí, todo es hermoso, y peligroso. Debes evitar cualquier lago que veas, es puro ácido que destruye nuestra protección.

Responde como si pudiera leer mi mente. No merece la pena hablar. Cualquier cosa ya la sabe de antemano; solo tengo que pensar en la siguiente pregunta o cuestión, y será respondida.

—Sé que te preguntas por mi aspecto, y por el tuyo; somos un experimento genético, mezclaron nuestro ADN con el de los escorpiones. ¿Sabías que pueden reducir su metabolismo, y vivir un año sin comer ni beber nada? Eso nos hizo ganar tiempo para terraformar los ocho planetas de este sistema solar. Atravesamos el hiperespacio en una nave nodriza, y estuvimos en hibernación durante todo el viaje hasta que nuestras cápsulas se liberaron, dejándonos aquí.

Por fin puedo adelantarme y hacerle una pregunta por mi cuenta:

—¿Tú recuerdas algo? Yo no. Es como si hubieran borrado mi memoria.

—Sí, lo hicieron por nuestro bien. No quieras saber más.

VIOLET

«Querido puto diario:

No sé en qué día vivo. Dudo de mí misma. Soy Violet Petersen. En la sesión de hoy, el psiquiatra sugirió que me suicidara. No bromeaba, lo sé. El doctor Novak es frío; no demuestra interés en escuchar. Tengo alucinaciones con un hombre. Aparece de la nada, a veces en plena calle, o en una cafetería. Da igual si estoy sola o con gente. Lo veo en sueños... Es como un ángel de la guarda. O, más bien, un pájaro de mal agüero: siempre ocurre algo malo cuando se cruza conmigo. Ahí estaba cuando perdí a papá y mamá. También ayer, antes del suicidio de Jake, durante el eclipse lunar.

Una de tantas noches sin dormir, decidí retratarle: rostro pálido, ojos azules, mirada melancólica, el pelo rubio oscuro, corto. Me dedico al retrato profesional; Novak lo sabe. Hasta le llegué a impresionar con algunos trabajos. Pero esta vez no, sigue sin creer en su existencia.

No deja de recetarme pastillas para conciliar el sueño. Es inútil, ya se lo dije. También las sesiones de hipnoterapia; solo consigo recordar la misma noche, una y otra vez...

Había un eclipse de luna y estaba en un coche con el hombre, ese mismo a quien veo por todas partes. Él conducía. De repente, una densa niebla invadió la carretera. Había alguien allí. Nos disparó. Tuvimos un accidente. No recuerdo nada más. No tengo ni idea de quién es, adónde íbamos, mucho menos de por qué alguien querría matarnos. Según el doctor Novak, la amnesia es un mecanismo defensivo de la psique para reprimir experiencias traumáticas, una manera de enterrarlas para no revivirlas más de lo soportable. Pero yo necesito saber.

Ayer perdí al ser querido que me quedaba: mi hermano Jake. En la mente de Novak debo de ser, aparte de una loca amnésica, una depravada incestuosa por haberme acostado con él.

Esa fue la razón por la cual nuestros padres me obligaron a hacer terapia psicológica, como si ese amor fuera una especie de enfermedad rara a erradicar. Significaba mucho más: era la única persona con quien podía compartir mis extrañas visiones y perturbadoras experiencias oníricas. De hecho, un día confesó que él también tenía raras aventuras e inquietantes sueños: los llamaba "recuerdos de otra realidad".

Lo que realmente me inquietaba era que cada vez que él o yo empezábamos a contar uno de nuestros sueños, el otro lo continuaba hasta el final, como si se tratara de un relato que leyéramos conjuntamente. ¡Estábamos teniendo los mismos sueños! Siempre se repetían las mismas situaciones, y en cada una de ellas, siempre aparecíamos en los del otro.

Además, éramos personas distintas en ellos.

Él sentía la necesidad de mostrarme algo anoche, durante el eclipse lunar. Insistió en ir conmigo a un sitio especial para verlo, un lugar tranquilo donde estuviéramos solos, aunque nunca pensé acabar en un cementerio. Nos sentamos entre las tumbas. Cuando el astro se volvió rojo, quiso revelar un secreto: "El mayor jamás conocido", dijo, "algo imposible de creer hasta verlo, experimentarlo uno mismo". Sin embargo, tal descubrimiento requeriría un gran sacrificio: el nuestro. Se suicidó delante de mí. Yo sigo aquí, intentando entender aquel enigma tan importante para él. Lo echo tanto de menos... También a mis padres.

Al principio de la terapia, el doctor Novak aconsejó anotar cualquier experiencia o recuerdo emergente; eso ayudaría a encajar todas las piezas del enorme puzle de mi vida. Pero ya no merece la pena seguir escribiendo en este diario. Tiene fechas tachadas, faltan páginas; no recuerdo haberlas arrancado...

Me siento sola, estoy tan cansada de todo esto... Quizá deba hacer caso a esa sugerencia que me dio.»

Unas gotas de sangre salpicaron las hojas del diario.

LA CONSULTA

—Buenas noches, doctor Harald. No esperaba ser atendida a estas horas. Muchas gracias, y perdón por la molestia.

—Por favor, Astrid, tu presencia siempre es un placer para mí.

Sonrió mientras su hipnótica mirada atravesaba mi mente de nuevo. Esos ojos tan profundos… Hubiera jurado ver un ligero resplandor rojizo al observarlos más de cerca, con la tenue e intimista luz de su escritorio iluminándolos de lleno.

He de reconocerlo: en cierta manera, me siento atraída por su halo de misterio, su inusual encanto. El doctor Harald me cautivó desde el primer día de terapia. De hecho, últimamente ese sentimiento se estaba haciendo cada vez más intenso por alguna razón desconocida.

Me intrigaba la decoración tan especial, elegante, extraña, incluso un poco siniestra de su consulta, pero nunca me atreví a preguntar el motivo por el cual todo poseía unos tonos rojizos, oscuros. Tampoco soy la persona indicada para cuestionar su extravagante gusto estético, o su enigmática presencia. Había oído opiniones encontradas de pacientes suyos: algunos se sentían intimidados por Harald, otros mostraban una inusual veneración. Yo me encontraba un poco en medio de ambos, pero no estaba allí para poner en duda su profesionalidad, sino con el fin de tratar mi insomnio.

Debido a mi jornada laboral, solía acudir en horario de tarde a sesiones para tratar el estrés, nada importante. Sin embargo, hace un par de días tuve un inexplicable episodio de amnesia. Desde entonces no logro pegar ojo, me siento cansada, sin ganas de comer. Hasta me desmayé algunas veces, por eso pedí la baja.

—¿Cómo te encuentras? —me preguntó con esa voz calmada de acento escandinavo.

—Desde aquella noche, sigo sin poder dormir... Tuve un sueño bastante perturbador —relaté tumbada en el diván.

Harald se acercó para tomar asiento en el sillón más cercano a mí.

—¿Qué soñaste? —quiso saber su curiosidad profesional.

—Era de noche, dormía en mi habitación. De pronto, una ráfaga de aire abrió la ventana. El ruido me despertó. Estaba todo oscuro, no veía nada, pero notaba la presencia de alguien más allí. A pesar del frío, me levanté para cerrarla. Entonces alguien me agarró por detrás y me mordió el cuello; ya sabe, como si fuera un vampiro.

El doctor apuntaba todo en su libreta, sin desviar la atención de sus notas, hasta oír esa palabra.

—¿Vampiro?

Intercambiamos miradas y esbocé una sonrisa, de esas que salen cuando te das cuenta de haber dicho algo absurdo. Lo sé, ya era mayorcita para asustarme por una simple pesadilla. Pero esa fue tan real… Todavía sentía escalofríos al rememorarla.

—Bueno, solo fue un sueño.

—¿Alguna vez habías tenido una experiencia onírica similar?

Negué, me encogí de hombros. Sus comisuras se curvaron en un breve gesto casi imperceptible.

—¿Es la causa de tu insomnio, Astrid?

—No, para nada. No hubiera venido solo por eso.

—Entiendo. Llevas de baja un par de días, y eso no suele ser debido solo a un mal sueño. ¿Te ha ocurrido algo más que quieras compartir conmigo?

—No he conseguido comer nada tampoco, todo me da náuseas. Además, la luz me molesta más de lo habitual.

Harald ya no escribía nada, solo me miraba fijamente. Su expresión me produjo un nudo en la garganta.

—¿Has hablado de todo esto con alguien más?

Sin darme cuenta, volví a perderme en su extraña belleza. Al final, mis labios se despegaron; por un segundo recuperé el aliento.

—No —respondí casi en un susurro—, no suelo hablar con nadie de mi vida privada.

—Eso me gusta de ti. Eres reservada, prefieres escuchar antes de hablar. Y también sabes guardar secretos… como yo.

Ese comentario tan personal me hizo sentir mariposas en el estómago, incluso percibí la sangre subiendo a mis mejillas. ¿Lo notaría? Pues claro, nunca se le escapaba nada. Trabaja con las emociones, y es un profesional.

—Nos parecemos mucho, Astrid.

Harald se levantó. Le perdí de vista unos segundos. Pude oír el tintineo de unas copas justo antes de notar un intenso e indescriptible olor, proveniente de algún punto de la estancia. Al volver, traía consigo dos cálices: parecían bastante antiguos, quizá medievales. Me ofreció uno con su más irresistible sonrisa. Cómo negarme.

—*Skål* —dijo a modo de brindis antes de beber. Me incitó a hacerlo también, con un gesto cómplice.

Aquel aroma tan intenso provenía de la bebida, despertando en mí algo irrefrenable. Di un sorbo, con sus ojos sobre mí en todo momento. De súbito, una fuerza desconocida me invadió, me llenó de vitalidad.

—¿Qué es esto? —pregunté, catando de nuevo aquel brebaje.

Era demasiado espeso para ser vino, pero ese sabor no era tan desconocido para mí…

Cuando desperté de la pesadilla tenía el mismo regusto remanente, entre metálico y salado, en los labios.

Además, sentía un dolor agudo en el cuello, justo donde me habían mordido en sueños. No sé por qué le había omitido ese detalle a Harald. Sin embargo, en todo momento tuve la sensación de que él sabía más de la cuenta.

De nuevo esa enigmática sonrisa en su rostro, esta vez dejando entrever unos relucientes colmillos.

—Es un secreto, Astrid. Nuestro secreto.

EL SUCESO

«Alicia Hernández, adolescente de 17 años, 1.60 metros de altura, pelo castaño, largo; ojos marrones. Fue vista por última vez el pasado día 10 de octubre. Llevaba un jersey negro y unos pantalones vaqueros del mismo color. Se ofrecen 5.000 euros a quien ofrezca información de su paradero».

Los padres de mi novia denunciaron su desaparición hace más de un mes. Creyeron que alguien la secuestró, pero eso no fue así: nos escapamos juntos, queríamos comenzar una nueva vida. Y lo estoy haciendo en solitario, sin ella, por una triste razón.

Nos alojamos en un hotel. Ese día estaba nerviosa, no quería hablar. Me dijo que iba a darse una ducha. Mientras tanto, como era la hora de comer, salí a comprar algo. Tras abrir la puerta del baño, tuve la peor experiencia imaginable para una pareja: se había ahorcado. Y dejó una nota con letras temblorosas:

Lo siento, Daniel. No puedo seguir con esto.

Te agradezco que me liberaras, pero la culpa es superior a mis fuerzas.

Por favor, no les digas nada de esto a mis padres.

Que sigan pensando en mi desaparición.

Alicia

La relación con sus padres no fue la mejor del mundo. Pero, aunque implique no cumplir con su última voluntad, no sé si puedo hacerlo.

Sé que me van a culpar a mí. He matado a su exnovio con mis propias manos: la maltrataba y yo no podía soportar eso. El plan era perfecto, o eso creí. Esperé el momento en que estaría solo en casa para entrar. Ella todavía estaba en el trabajo, no sabía nada de mi intención. Acabé con él sin que me lo pidiera. Quise que fuera una especie de sorpresa ese día, porque justo hacía un año que salíamos a espaldas de ese malnacido.

Mi intención era esconder el cuerpo y darme una ducha para que no me viera así, pero llegó antes de hora, o quizá se me fue el tiempo sin quererlo. El caso es que me descubrió con el cuchillo ensangrentado en la mano. Al principio se asustó mucho, pero luego me ayudó a limpiarlo todo y a meter el cuerpo en el maletero. La idea era huir y deshacernos de él lejos de la ciudad, en algún bosque perdido.

Ella fue mi cómplice, pero yo soy el principal sospechoso debido a mis antecedentes. Por eso huimos sin decir nada a nadie. Queríamos ser libres, no ir a la cárcel.

Ahora siento que no tengo otro destino.

ESCÉPTICA

Estaba en mi casa, de relax, como de costumbre en un fin de semana. Descansaba sentada en mi jardín, disfrutando de un café y un buen libro, una especie de ensayo sobre actividad paranormal en las casas y cuánto había de verdad en cada caso expuesto. Siempre había sido escéptica respecto de esos temas, pero despertaban mi curiosidad.

Hacía unos días había sido 31 de octubre; esa noche de Halloween invité a algunos amigos a casa para hacer una sesión de espiritismo con una ouija que compré por internet. En la descripción metían un poco de miedo con que estaba embrujada, que se tuviera cuidado y demás recomendaciones. De todas formas, si algo fuera tan peligroso no lo podrían al alcance de cualquiera que pudiera gastarse 20 euros. Me dio la sensación de que, de todos los presentes, yo era la que menos asustada parecía con la experiencia, quizá porque el resto sí creían en tales cosas. Pero, de nuevo, si era algo que les intimidaba, nadie les obligó a hacerlo.

Lo curioso es que desde esa noche comenzó a merodear cerca de casa un gatito pequeño, pero muy ágil; saltaba de muro en muro como si fuera ajeno a la gravedad, hasta detenerse en el que separaba mi propiedad de la del vecino. Era precioso. Su pelaje negro brillaba mucho, sus llamativos ojos ambarinos parecían arder como dos llamas. Nunca se atrevía a saltar e invadir mi parcela, solo se sentaba cerca, observándome largo rato con su hipnótica mirada, y después se iba.

Me extrañó el hecho de que ningún vecino había visto un gato por los alrededores. Les pregunté a propósito, por saber si alguien tenía intención de quedárselo. No tenía collar, sería callejero, y la idea de adoptarlo me rondaba por la cabeza, siempre había querido tener uno.

Aquel día decidí poner un poco de leche en un cuenco, cerca de mí. De un salto aterrizó a mis pies, olisqueó el cuenco, se tumbó y sus ojos se clavaron en los míos. Sentí algo extraño en mi interior, de repente notaba agotamiento, somnolencia, se me cerraban los ojos; algo un poco raro, ya que tomaba café para mantenerme despierta mientras leía. Y, sin razón aparente, me empezó a picar mucho el brazo izquierdo.

Creo que me quedé dormida un rato, ahora el sol se ocultaba, no era tan tarde cuando vi al animal: el cuenco estaba vacío, pero el gato se había marchado y ese picor del brazo izquierdo se había convertido en dolor ardiente, como si me hubiera quemado con algo. Eso era poco probable, no me había quitado la sudadera en ningún momento. Dolía, mucho, cada vez más.

Al arremangarme descubrí con sorpresa una especie de tatuaje o escarificación, como si me hubieran marcado con un hierro candente una palabra: «Nigrum».

Pegué un respingo en mi asiento al oír bufar al gato. De repente apareció de la nada; lo había visto hacía solo unas horas y parecía más crecido, más grande. ¿Cómo era eso posible?

Amenazante, mostraba los colmillos arqueando su cuerpo, sin dejar de mirarme fijamente. No entendía su actitud agresiva. Estaba asustada, creí que iba a atacarme. Quería levantarme para ir dentro de casa, pero mi cansancio era enorme hasta el punto de no poder moverme, como si una fuerza invisible me impidiera huir mientras drenaba poco a poco mi energía.

Lo que sí pude hacer, aunque con gran esfuerzo, fue sacar mi teléfono del bolsillo para intentar encontrar en internet algún significado a esa palabra tatuada en mi piel, «Nigrum».

El resultado de la búsqueda me heló la sangre: era el nombre de un demonio que se suele manifestar en forma de cuervo o gato negro. Engaña al humano haciéndole creer que tiene poder sobre él, pero al final toma su alma para ofrecérsela a Belial.

LA FUNERARIA DE GABRIEL

Le estoy acusando directamente de, al menos, uno de esos crímenes, señor agente. Le vi cometer el homicidio. No solo he venido para testificar eso: también temo ser el próximo.

Gabriel es el único hijo de Atanasio, el anterior director de la funeraria. Heredó el negocio de su padre al fallecer este de manera repentina, por un ataque al corazón. Yo era muy amigo de la familia; le conocí desde pequeño, le vi crecer. Siempre fue un muchacho muy tranquilo, no se metía en problemas. Incluso llegaron a mis oídos comentarios sobre el *bullying* que sufría en el colegio por ser estudioso, callado. Le pegaban, pero no hablaba mucho, ni siquiera con sus padres, lo cual les inquietaba bastante. Nunca les dio ningún problema, siempre se comportaba de manera ejemplar.

Soy médico forense y, al parecer, conmigo se abría más; me buscaba, de manera casual, cada vez que yo iba de visita a ver a Atanasio. En varias ocasiones preguntó sobre mi profesión: mostraba una avidez brutal por descubrir todos los entresijos relacionados con cadáveres, causas de muerte… Lo cual no me extrañaba demasiado, dado el oficio familiar. Llegué a pensar que estaba más interesado en estudiar mi profesión antes de continuar con el negocio de su padre.

Y esto lo digo porque un día insistió en que lo llevara conmigo a una morgue para ver cómo realizaba mi trabajo. Por supuesto, tras la aprobación de su padre, lo hice. Gabriel cambió por completo, parecía un chico distinto; charlaba por los codos, millones de preguntas salieron de su boca. Yo me sentía como el profesor frustrado que siempre fui, no callé nada. Sin embargo, llegó un punto en el cual su curiosidad empezaba a helarme la sangre, hasta le cambió la expresión del rostro.

—¿Qué se siente al abrir un cadáver? ¿Alguna vez ha matado a alguien?

Esto último lo dijo con uno de los bisturís en la mano. Lo juro por Dios, algo en mi interior me instó a huir de allí. Quizá por la expresión involuntaria de mi rostro se dio cuenta de haber ido demasiado lejos; no volvió a pronunciar palabra, pero su gesto inquietante seguía intacto.

Después de aquello nos encontramos de forma muy esporádica, y me llegó a confesar que había matado al perro de su vecino para diseccionarlo, ver cómo era por dentro. Me asombró su falta de empatía cuando le dije que el pobre hombre estaba destrozado por la pérdida, y su contestación fue que planeaba hacerlo con gatos, pájaros, ardillas... Incluso me enseñó algunas fotos, me hizo preguntas técnicas. En fin, se me revuelve el estómago con solo pensarlo. No se iba a detener. Quería verlo todo.

Antes del fallecimiento de Atanasio, el negocio no iba bien. Quiero decir, hablando mal y pronto: no había muchos decesos en la ciudad. Pero desde que Gabriel se convirtió en el nuevo director, empezaron a ocurrir extraños sucesos, asesinatos. Fue entonces cuando, en lugar de hablar conmigo, se mostraba esquivo de nuevo, como si volviera a ser ese chico huraño, callado.

Yo no soy un experto en esto, pero he visto algún documental y normalmente coinciden en un par de cosas: suelen empezar por animales pequeños y son tipos bastante inteligentes. ¿Se ha imaginado por un momento cómo dirigiría una funeraria alguien que siente una curiosidad tan morbosa por la muerte, al punto de matar? ¡Dios! Sería como tener a un profesor pederasta en un colegio.

Hablando de escuelas... Lo que voy a contar ahora tiene que ver con el homicidio que mencioné al principio. Y es que, como ya sabrán, uno de los compañeros de clase que le hacían *bullying* lleva desaparecido varios días. Pues bien, tengo mis razones para pensar que ha sido Gabriel. Antes del día de la desaparición se vieron varias veces, y justo ayer ingresó el cuerpo del chico en el Anatómico Forense donde trabajo.

¿ME HAN SECUESTRADO?

Desperté maniatado, con los ojos vendados, la boca amordazada. En el maletero de un coche; lo supe por el ruido del motor. La cabeza me iba a estallar. A cada bache golpeaba el portón con bastante consistencia, pero no la suficiente como para abrirlo. No podía moverme ni casi respirar, pero entraba aire de un sitio específico, pequeño. Lo noté entre los dedos. A juzgar por el dolor intenso, punzante, de esa zona de mi espalda, deduje que era un agujero de bala.

Al menos podía estirar un poco las piernas, pero imposible hacer fuerza de esa manera para intentar salir. Tampoco tenía ninguna: se me iba poco a poco, junto con la sangre.

No recordaba cómo había llegado hasta allí, o quién me secuestró, ni el motivo. No había ninguno. Soy un pobre diablo ahogado en deudas. Nadie querría nada de un tipo como yo. Tampoco tengo enemigos, o gente que me odie tanto como para hacer esto.

Por la zona merodeaba un delincuente peligroso, nadie sabe quién es; lo oí en las noticias. Pero, a juzgar por mi situación actual, no le di la debida importancia.

¿Algún amigo o familiar estará preocupado? ¿Mi ex, quizá? No. Pensándolo bien, ella es la causante de esto. O a lo mejor no. No lo sé.

Me viene a la mente aquel momento tenso con el vecino. Yo pasaba por allí, de casualidad, y fui testigo de algo que quizá no debí haber visto. Su mirada no era limpia. No encontré el saludo amable de siempre.

¿Qué pasa ahora? El coche se ha detenido. Por Dios, necesito salir.

Abren el portón. Acto seguido, noto en la frente la caricia del frío cañón de un arma. Es el fin de este mindundi. Me voy de este mundo con una interrogante y un balazo en el mismo lugar. Ya poco importa nada. Todos sois unos cabrones. Adiós.

En ese momento desperté en mi cama, jadeando. Descubrí con alivio que ni era un hombre ni me habían secuestrado: todo había sido un mal sueño... O quizá un vívido recuerdo de alguna vida pasada.

LA CABAÑA

Aunque estaba de vacaciones, nunca eludía su rutina de *running*. Aquella tarde salió a correr, como de costumbre. No se aventuraba demasiado lejos, por si acaso. La zona no era segura, o eso oyó decir al resto de los turistas. Pero nunca le había ocurrido nada; solo salía unos veinte minutos. El camino bordeaba una zona boscosa bastante bonita. Debido al calor, solía ir por la tarde, cuando el sol ya casi estaba a punto de desaparecer en el horizonte. Cronometraba el tiempo para evitar que se le hiciera de noche.

Unos metros por delante, algo apartados del sendero principal, vio a un grupo de chavales. Nunca les notó por allí otras veces; por su actitud esquiva, vigilante, parecían estar pasándose droga, o algo así. Decidió dar un rodeo. ¿Problemas con los lugareños, y encima con esas pintas? No, gracias... Pero le vieron. Uno de ellos empezó a seguirle. Aceleró la carrera, pero el maldito logró alcanzarle. Tenía una navaja, su expresión era propia de un perro rabioso. Exigió todo lo que llevara encima, sus pocas pertenencias: documentación, el móvil y unas monedas.

El delincuente sabía que se hospedaba cerca, por ello también quiso la llave de la habitación. No tuvo elección, si no quería recibir un navajazo. En ese momento uno de los suyos gritó algo, le hizo un gesto para hacerle volver; él aprovechó la distracción para huir corriendo.

Pero esos cabrones, no contentos con robarle todo, le siguieron. Intentó volver al hotel, pero la puerta estaba cerrada. A esas horas, ni un alma andaba por allí; nadie tan loco por el ejercicio hasta el punto de arriesgar el pellejo. Esa horda le mordía los talones.

Siguió corriendo hacia el bosque, abandonando el camino principal para evitar ser más visible. Su habitación de hotel ya no era segura. Quién podía decir si uno de ellos le estaría esperando dentro.

A pesar de sentir el corazón al borde del colapso, no quería parar por miedo a ser encontrado. De vez en cuando miraba atrás, para ver si seguían cerca, y no advirtió la rama con la que tropezó. Al caer se torció el tobillo, además de hacerse varios rasponazos sangrantes en manos y piernas. Le escocía, pero nada podía detener su huida hacia algún lugar seguro.

Al no verles cerca creyó que les había despistado, al menos por un momento, pero debía encontrar un lugar para ocultarse pronto. La noche estaba a punto de caer, y en mitad de la arboleda tendría aún menos luz.

Huyó: exhausto, sudoroso, hambriento, sangrando, con los ojos estallados en lágrimas. Hasta que, por fin, una pequeña cabaña se veía cerca. No dudó en llamar a la puerta para pedir auxilio mientras intentaba recuperar el aliento con fuertes jadeos. El silencio fue su respuesta. A lo lejos, oía los gritos de aquella jauría maldita de locos; aunque lejos, se aproximaba. En su interior, sintió la urgencia de protegerse sin importar nada más. Buscó con desesperación la manera de entrar: una ventana estaba entreabierta. No había nadie en la cabaña. Se dedicó a cerrar puertas, ventanas, cualquier acceso aprovechable por esos niñatos.

Se oían los grillos. El manto de la noche arropaba la arbolada zona. El constante rugido de su estómago era el recuerdo de que, a esas horas, estaría disfrutando de una buena cena. Al buscar comida en la cocina, vio algo espeluznante: los utensilios eran propios de un carnicero, o un cazador... A juzgar por los recientes descubrimientos, las opciones se inclinaban más a la primera opción. Se le cerró el estómago por completo, ahogó un grito de terror: restos humanos, sangre por todas partes...

Investigando un poco más en una de las estancias, encontró varios efectos personales: carteras, relojes, móviles... De hecho, encontró los pasaportes de sus amigos, los mismos con los que ayer había compartido parte de una increíble excursión de senderismo para ver el volcán más famoso de la zona. Se horrorizó ante la posibilidad de ser la siguiente víctima y prefirió pensar que aquellos restos humanos eran de otras personas, que ellos habrían conseguido escapar de alguna manera, y que aparecerían para ayudarle. Ya había oído rumores sobre aquel lugar tan paradisíaco, pero las respuestas que escuchó eran las típicas: «Eso no me va a pasar a mí», o «Qué exagerados son algunos con estas cosas». «Nunca digas nunca», pensó para sí.

La puerta de la entrada chirrió, alguien venía… Y no eran sus amigos.

¿HAY ALGUIEN AHÍ?

Esa noche de verano unos amigos me invitaron a dormir a su casa. Estuvimos viendo películas con unas cervezas y palomitas hasta bien tarde, justo en el mismo salón que se convertiría en mi dormitorio improvisado. De madrugada, cuando ya no pudimos más por el sueño, me dieron un colchón hinchable, una almohada y un consejo algo extraño: «No hagas caso de Thor». El perro: su cama estaba en un rincón, cerca de donde me tumbaría yo.

Nunca me había quedado a dormir allí, pero sí estuve de visita en varias ocasiones. Sabía que el animal no iba a darme problemas para conciliar el sueño; estaba muy bien educado y no era muy ladrador, a pesar de que los pequeños suelen ser bastante gruñones. Este no. Por eso no entendí bien el porqué de sus palabras.

Cuando se acostaron todo quedó envuelto en silencio y tinieblas, solo oía el tictac del maldito reloj de pared. Más de una vez quise tirarlo por la ventana, pero estaba enrejada al ser un piso a pie de calle. Lo que sí hice fue abrirla, el calor me asfixiaba y al rato ya estaba sudando.

Me desperté con el tintineo del collar de Thor; seguía en su cama, pero parecía inquieto. De repente el tictac se dejó de oír, el sudor se me congeló en la piel y el perro se levantó como un resorte para correr hacia la puerta de la vivienda: se paró frente a ella mirándola con atención, como si hubiera alguien al otro lado. Emitió un leve gruñido y alguien llamó con los nudillos.

Me asomé a la ventana, desde la cual se podía ver quién era, pero la calle estaba desierta. De nuevo llamaron, y ahora sí ladró. Al echar un vistazo por la mirilla, me sobresalté cuando volvieron a tocar a la puerta con fuerza. Esta vez sonaba a la altura de mi cabeza: no se trataba de nadie de baja estatura, ni tampoco había puntos ciegos para esconderse. Los nudillos llamaron de nuevo, más insistentes. Harta, abrí la puerta de inmediato y no había nadie. El corazón se me iba a salir del pecho, me faltaba el aire y los ladridos me estaban dando dolor de cabeza. Cerré la puerta y Thor pareció calmarse.

Me dejé caer en el colchón a peso muerto, estaba agotada. Lo bueno es que ahora ya no hacía calor sino frío. Cerré la ventana, pero no noté la diferencia, y la sangre se me terminó de congelar cuando vi a Thor gruñéndole a una esquina del salón. No había nadie, pero yo también notaba la presencia de alguien más.

De pronto la luz se encendió y estuve al borde del infarto. Eran mis amigos: se habían despertado por el jaleo y querían ver si estaba todo bien. Se ahorraron la pregunta, la escena hablaba por sí misma. Estaba de pie, tiritando nerviosa, y Thor ladraba al mismo lugar.

Se disculparon por el comportamiento del perro y les pregunté si no notaban el inusual frío que hacía en la habitación. Al final me confesaron que a veces pasaban «cosas» que solo su mascota podía percibir, pero no me habían dicho nada para no asustarme.

No volví más a aquel apartamento.

LOS OTROS

Yo no tenía *webcam*, el chico con quien chateaba sí. Era nuestra primera conversación virtual, y estaba yendo bien hasta mencionar lo de mis «habilidades especiales». Al principio se mostraba escéptico, no creía en ciertas cosas, pero parecía abierto a experimentar y pidió que le hiciera una demostración. Accedí, aunque le pedí un poco de paciencia y silencio, ya que requiero concentración.

Primero le pregunté dónde vivía. No hizo falta que me dijera la dirección exacta, solo la calle y su nombre completo.

Cerré los ojos y nadie habló por un minuto.

—Estoy detrás de ti —le dije.

Él no pudo evitar una leve carcajada. No me lo tomé a mal, siempre es así al principio.

—Pues yo no te veo —dijo mientras se giraba hacia atrás.

—Puedo ver tu cuarto. Encima de la cama hay algo voluminoso y azul. Tienes la mesa llena de cosas, y bajo la pantalla de tu ordenador hay un objeto rojo, pequeño.

El chico borró la sonrisa.

—Vale. No sé cómo has hecho eso... Pero espera, voy a apagar la cámara un momento.

Ya no veía su cara en mi ordenador.

—Te aseguro que sé lo que estás haciendo, aunque no esté encendida la *cam*.

—Vale, ¿ahora qué ves?

—Has metido el bulto azul en el armario, y el objeto rojo en un cajón de tu escritorio. Y ahora estás encendiendo otra vez la *webcam*.

Volví a ver su rostro, esta vez más pálido que antes. Ahora no supo qué creer. Me dio la impresión de que le asusté, porque estuvo desconectado varios días sin responder a mis mensajes hasta que, por fin, un viernes accedió a tomar unas cervezas en un pub irlandés para conocernos en persona. El escepticismo inicial se había convertido en fascinación, de repente quería saber más sobre mí y si había tenido más experiencias interesantes.

Le dije que había aprendido a desdoblarme; al principio, cuando era pequeña, me ocurría sin control, lo cual me aterraba. Con los años pude manejarlo a mi antojo hasta el punto de conseguirlo con simple autosugestión, pero esto, obviamente, no podía demostrárselo, solo lo conseguía por las noches, a solas: si había más gente a mi alrededor no funcionaba. Bueno, solo con mi hermana gemela, cuando compartíamos habitación. Ella puede hacer las mismas cosas.

Durante esta experiencia extracorpórea podía observarme a mí misma desde el techo de la habitación, dormida en la cama, y a mi hermana también. Le expliqué que solíamos salir de la casa, pero no nos atrevíamos a ir demasiado lejos por temor a perdernos, o no poder volver al cuerpo material.

El chico se mostró interesado en saber qué es lo que veía en esos paseos. Le dije que veía lo mismo, pero borroso, sin formas demasiado nítidas, solo bultos y colores llamativos. Le dio un escalofrío al mencionar que mi hermana y yo encontrábamos a otras personas que hacían lo mismo que nosotras. No podíamos hablar con ellos aunque sí hacernos gestos con las manos, por ejemplo. Esto, a pesar de que no soy muy partidaria de comunicarme con nadie en esas circunstancias, nunca se sabe qué es lo que los otros pueden hacer; después de todo son desconocidos, y es posible que sus habilidades sean más peligrosas que las propias.

Cuando me preguntó cuánto tiempo duraban esos viajes extracorpóreos, el escalofrío lo sentí yo al confesarle que a veces también veíamos a otros seres sin forma humana: solían tener las extremidades muy largas y se movían de manera distinta, como espasmódica. Cada vez que nos encontrábamos con uno de esos, regresábamos corriendo a nuestro cuarto.

Se le atragantó la pinta que bebía.

—¿Crees que hay de esos por aquí ahora mismo?
—Sí, pueden estar en cualquier parte...

94

SUEÑOS DEL MÁS ALLÁ

—¿Crees que hay de esos por aquí ahora mismo?
—Sí, pueden estar en cualquier parte...

94

LEVE BRISA

Mi abuela y yo estábamos sentadas en la mesa del comedor de su casa, sin hacer nada en particular. No recuerdo la conversación, quizá era algo alegre porque me sonreía, aunque siempre era amable y estaba de buen humor con todo el mundo. La conversación se cortó cuando desperté con lágrimas en los ojos. La razón: oí mi nombre en un susurro mientras sentía la leve brisa que se nota cuando alguien acaba de pasar cerca.

Pero estaba sola en mi habitación, con la puerta cerrada. Sentí su presencia: no la veía, aunque me llenó de paz saber que estaba tan cerca. No pude despedirme cuando partió —yo era muy pequeña—, y sin embargo siento que no hizo falta, porque realmente nunca se fue.

CURIOSIDADES DE LA AUTORA

Esta es la primera recopilación de relatos cortos que publico. Algunos están basados en inquietantes sueños y experiencias que tuve o me contaron, otros son pura invención.

¿Alguna vez has soñado que eres otra persona, incluso del sexo contrario? ¿Soñaste alguna vez que te encontrabas en una situación desesperada, te perseguían, te secuestraban? ¿Tuviste algún encuentro extraño con un animal, o a lo mejor con un familiar fallecido? ¿Estabas en otro planeta?

En estas páginas descubrirás experiencias relacionadas con todo ello.

Encuentro inspiración en vivencias, documentales, libros, series, cómics, manga, películas, música, mitología, videojuegos, juegos de rol...

El género de terror siempre ha sido de mis favoritos, aunque me gustan autores tan dispares como Dean R. Koontz (*Odd Thomas*, *El lugar maldito*), Adam Nevill (*El ritual*, *Apartamento 16*), Clive Barker (*Cabal*), John Katzenbach (*El psicoanalista*), Bram Stoker (*Drácula*), H. P. Lovecraft (*En las montañas de la locura*), los cuentos de Edgar Allan Poe… y también George R. R. Martin (*Canción de hielo y fuego*, y la serie *Juego de Tronos*), Andrzej Sapkowski (todos los libros de la saga de Geralt de Rivia, los cómics, también los videojuegos, y la serie).

Como curiosidad: si escaneas este código QR podrás disfrutar de una lista de canciones que hice en Spotify. Las escuchaba al escribir. ¡Quizá descubras nuevos gustos musicales! ●

¡Espero que disfrutes mucho de la lectura!
Si te ha gustado este libro, tu reseña en Amazon o
Goodreads me ayudará mucho.
¿Quieres saber más? Visita mi web:
lauraperezmacho.com